W9-BEL-507

Trabajadores de la comunidad

Mi visita al dentista

David Lee

traducido por

Eida de la Vega

ilustrado por

Anita Morra

Nueva York

Published in 2017 by The Rosen Publishing Group, Inc.
29 East 21st Street, New York, NY 10010

First Edition

Translator: Eida de la Vega
Editorial Director, Spanish: Nathalie Beullens-Maoui
Editor, English: Caitie McAneney
Book Design: Michael Flynn
Illustrator: Anita Morra

Cataloging-in-Publication Data

Names: Lee, David, 1990- author.
Title: Mi visita al dentista / David Lee.
Description: New York : PowerKids Press, [2017] | Series: Trabajadores de la comunidad | Includes index.
Identifiers: ISBN 9781499427684 (pbk. book) | ISBN
9781508153139 (6 pack) | ISBN 9781499430462 (library bound book)
Subjects: LCSH: Dentistry–Juvenile literature. | Teeth–Care and
hygiene–Juvenile literature.
Classification: LCC RK63 .L44 2017 | DDC 617.6-dc23

Manufactured in the United States of America

CPSIA Compliance Information: Batch #BW17PK: For Further Information contact Rosen Publishing, New York, New York at 1-800-237-9932

Contenido

Tengo que hacerme una limpieza dental.

Voy al dentista.

Me siento en una silla grande.

La dentista se sienta a mi lado.

La dentista enciende una luz brillante.

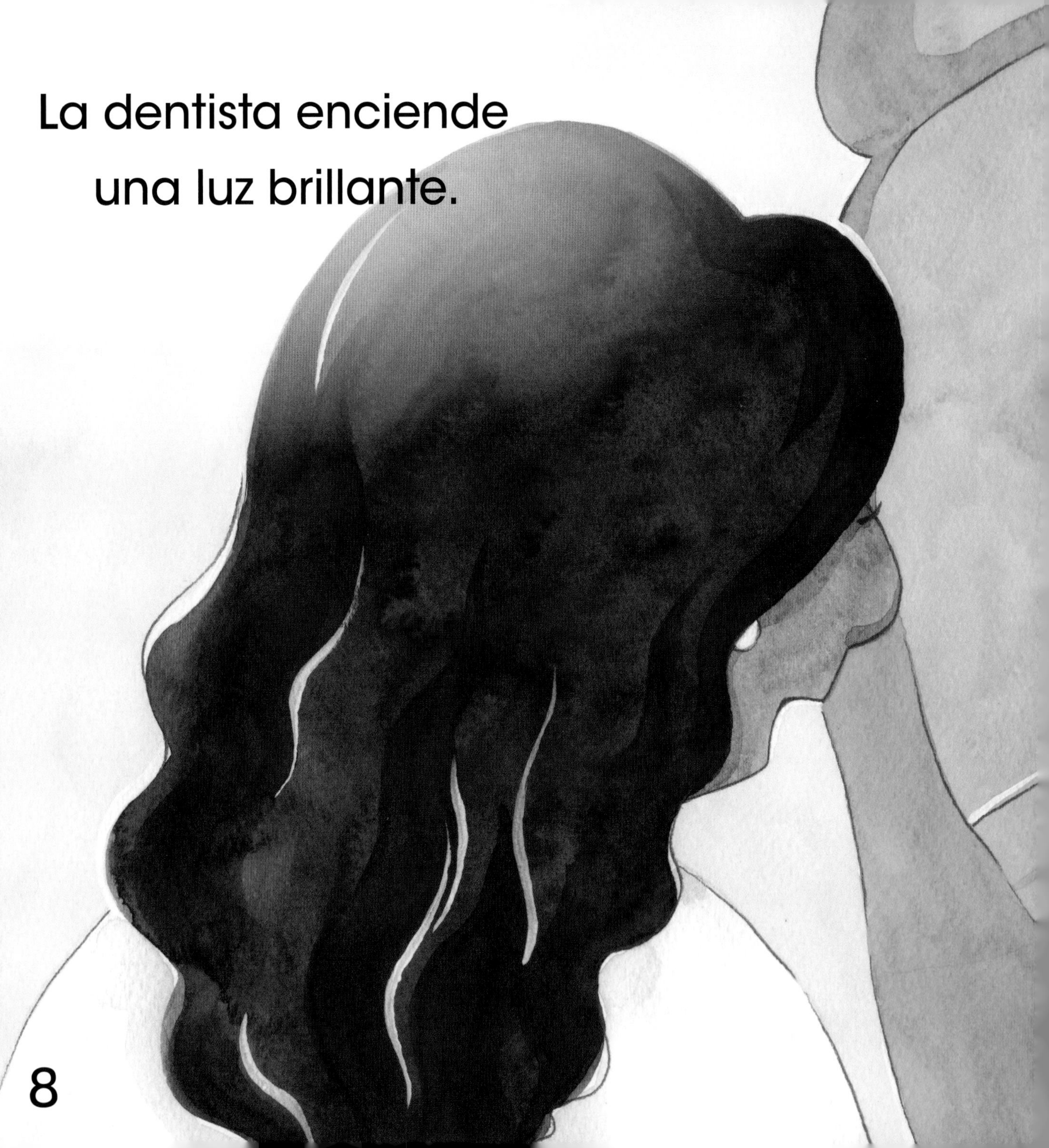

Mira dentro de mi boca. ¡Di *ahhh*!

La dentista dice que mis dientes
son de leche.

Algún día me saldrán dientes nuevos.

La dentista dice que mis dientes
se ven saludables.

¡Yo cuido mis dientes!

La dentista me enseña cómo usar
el hilo dental.

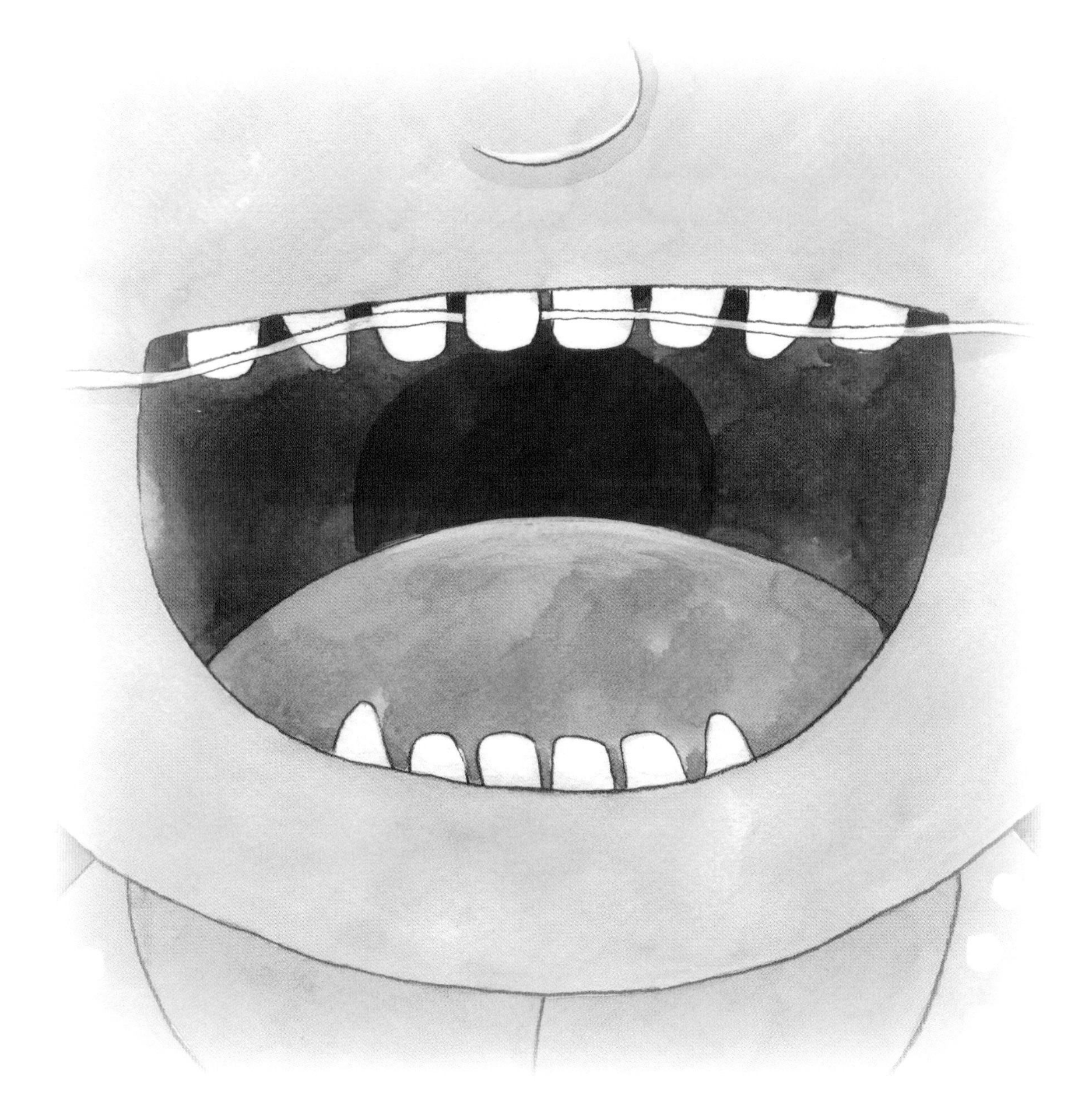

El hilo dental se pasa entre los dientes.

La dentista me muestra cómo
cepillarme los dientes.

¡Eso yo lo hago bien!

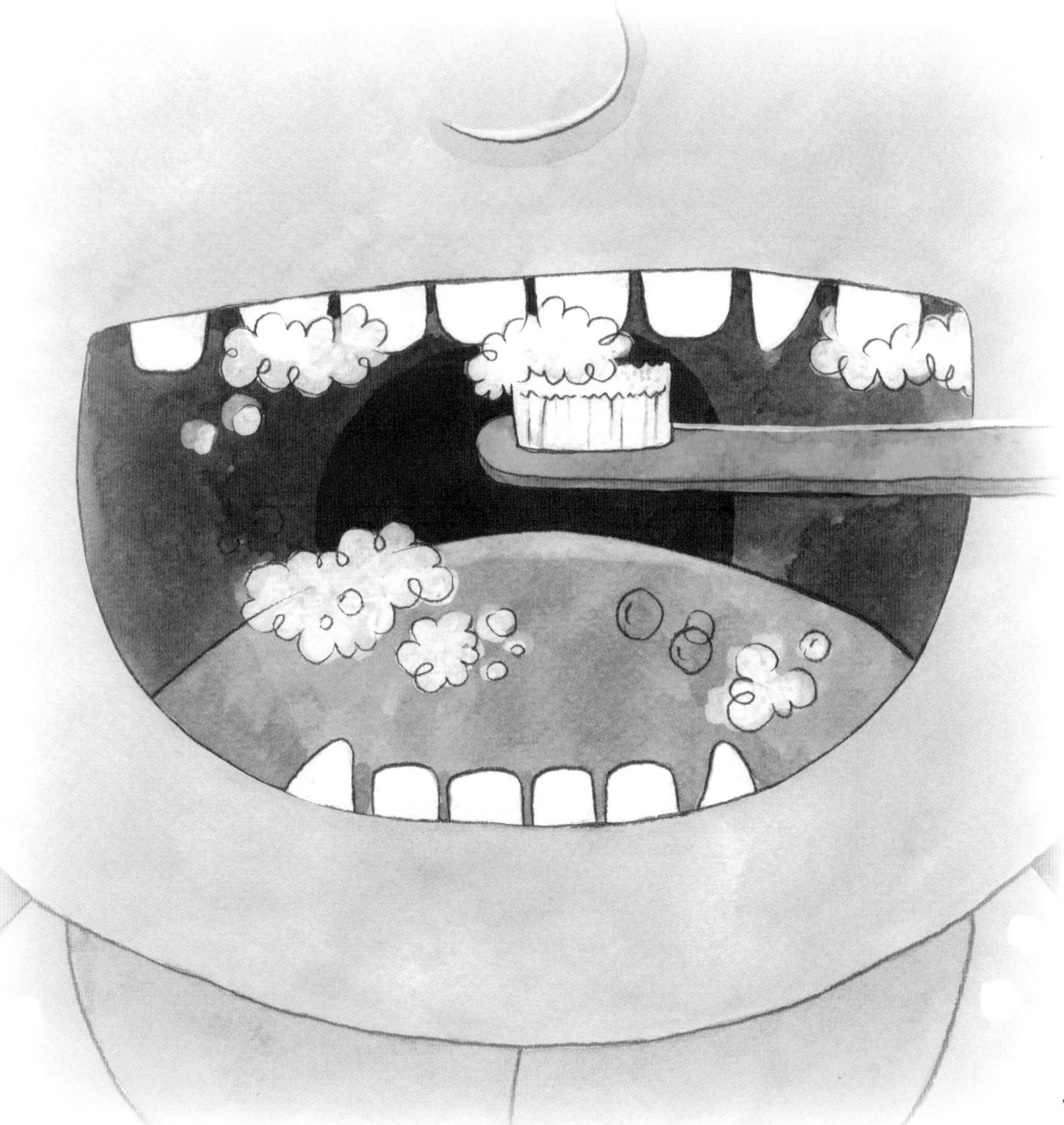

¡Terminamos!

Mis dientes están como nuevos dice la dentista.

La dentista me regala
una pegatina.

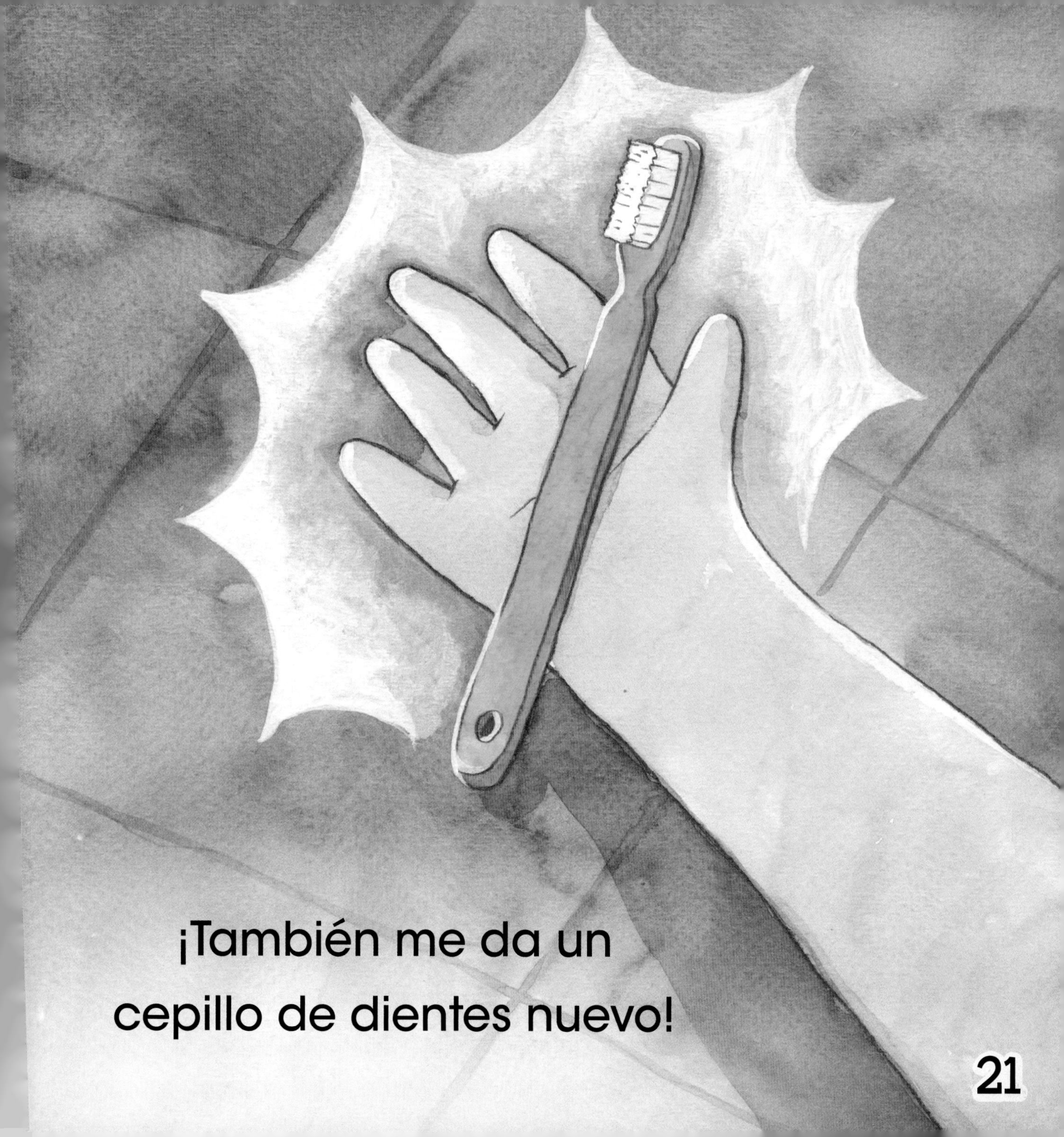

¡También me da un
cepillo de dientes nuevo!

Es importante tener
dientes saludables.

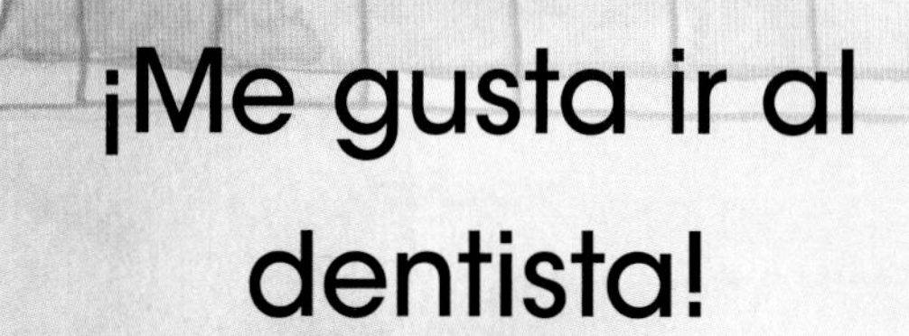

¡Me gusta ir al dentista!

Palabras que debes aprender

(el) hilo dental

(los) dientes

(el) cepillo de dientes

Índice